Sous le Joug

GUILLERM

Sous le Joug

PARIS
LIBRAIRIE LÉON VANIER, ÉDITEUR
A. MESSEIN, Succʳ
19, QUAI SAINT-MICHEL, 19

1904

LIVRE PREMIER

SOUS LE JOUG

J'ai renfermé dans ce recueil
Les regrets de ta gloire éteinte,
Pauvre chère France, et la plainte
De ton interminable deuil !

. . . .

Ces chants d'une âme encor croyante,
Ces chants qui n'ont de bon que leur sincérité,
Ici, je les dédie en toute humilité
Au bon peuple, afin qu'il les chante,
Puissent-ils rencontrer une humeur bienveillante.

A notre cher COPPÉE

Le peuple rend hommage au poète tribun
Qui, pour sauvegarder, dans l'intérêt commun,
Et l'honneur et le rang de sa chère patrie,
Consacre à son amour, tous les jours de sa vie.

Ce rare sacrifice est tout simplement beau !
C'est l'intègre soldat qui défend son drapeau,
Sans songer un instant que le Pays l'admire...
Peut-il moins faire, alors que sa grande âme expire !...

Inlassable, il s'en va, pèlerin militant,
Exhorter l'endurci, convaincre l'hésitant,
« A l'œuvre, leur dit-il, le prix est la victoire !...
« Et la France vaut bien qu'on travaille à sa gloire ! »...

. . . .

Hélas ! que ne sont-ils plus unis, plus nombreux
Ces braves au cœur ferme, au poignet vigoureux,
Auxquels la Mort pourra seule arracher l'épée !...
Mais il s'agit de vivre, et c'est là notre espoir...
Vous le dites cent fois, cher et vaillant Coppée,
« Ensemble il faut agir... ensemble il faut vouloir !...»

La Patrie agonisante,
Abîmée en sa douleur,
Rêvait d'une âme vaillante
Qui sut ranimer l'ardeur
De ce bon peuple de France.
Insoucieux à l'excès...
Vous vîntes et l'espérance
Remplaça l'indifférence
Dans les cœurs restés français.

  . . . .

Et votre voix douce et ferme,
En des accents généreux,
A nos maux, promit un terme...
« Vous serez victorieux,
« Si, brûlant des mêmes haines,
« Pour tant d'affronts au Drapeau,

« Vos volontés souveraines
« Chassent les énergumènes
« Qui préparent son tombeau !... »

Honteuse du lourd servage
Las ! si longtemps enduré !
Notre âme reprend courage...
Oui ! de par le Droit sacré
Ce légat de nos ancêtres,
Oui, bientôt nous irons tous
Fièrement dire à ces traîtres
Dont nous subissons les coups,...
— Arrière ! En un mot, chez nous,
Nous voulons être les maîtres ! —

LE DÉCALOGUE NATIONALISTE

I

Citoyen, tant que tu vivras,
Aime ta patrie ardemment.

II

Ses malheurs, tu les vengeras
Quand sera venu le moment.

III

De ton mieux tu travailleras
A son prochain relèvement.

IV

Au nom du Pays prêcheras
L'ardeur en ton département.

V

Guerre loyale tu feras
A nos ennemis constamment.

VI

Leurs manœuvres dénonceras
Sans crainte et très exactement.

VII

Au scrutin, tu reconnaîtras
L'intègre de celui qui ment.

VIII

Par ton vote tu chasseras
Le fourbe impitoyablement.

IX

L'urne surtout tu défendras
En patriote simplement.

X

Et le succès tu l'obtiendras,
Le salut de tous en dépend.

N'OUBLIONS PAS !

Un an ! encore un an de misérable attente !
Un an à comprimer notre âme impatiente
De venger au grand jour les hontes du pays !...
Un an, à soutenir de ses bourreaux la rage !...
Un an, encore un an de lutte et d'esclavage !...
   Un an de terribles soucis !...

Hélas ! Oui, jusqu'au bout nos maîtres irascibles
Vont nous gratifier de tous les maux possibles...
Ne faut-il pas punir ces citoyens-soldats
Dont la voix indignée a dénoncé leurs fautes !...
Ne faut-il pas prouver que seuls sont patriotes
   Les repus et les renégats.

Car nous avons laissé des forces étrangères
S'emparer du pouvoir et le mettre aux enchères !...

Toujours trop confiants, nous n'avons pas veillé !...
Lors, ces faux gouvernants, gens de sac et de corde,
Exploitant nos erreurs et semant la discorde,
            A notre perte ont travaillé !...

Et c'est nous, partisans des libertés sacrées !...
Nous, qui tout les premiers les avons arborées
A la face d'un monde, heureux de s'affranchir !
Nous, dont l'unique bien est le droit légitime,
C'est nous que sans vergogne, on menace, on opprime,
            C'est nous qu'on voudrait asservir !...

.   .   .   .

Non ! non, assez d'affronts, assez, assez de honte !...
Si le péril grandit, notre âme aussi remonte !
Enfin libre, elle veut jeter au loin ses fers...
Dès ce jour, préparons la bataille suprême !
Ne quittant plus des yeux le cher, le saint emblème...
Ensemble énumérons les maux qu'il a soufferts !...

.   .   .   .

.   .   .   .

Oui ! nous les compterons, nous en ferons les sommes !
Et nous nous souviendrons que nous sommes des hommes,

Qu'on a trop longtemps offensés...
Et pleins du feu sacré qui relève les âmes,
Tous, nous repousserons ces tyranneaux infâmes
Qui dégradent l'Honneur français...

DEMAIN

Durant les tristes jours de l'attente forcée,
Jours éternels vécus à sonder l'horizon,
Oh ! que ce mot : demain, raffermit la pensée
Et combien il promet, après l'heure insensée,
D'énergiques retours à la droite raison !

Demain, sous notre ciel, c'est le lever de l'astre
Dont l'ardeur souveraine enfin va nous guérir !
C'est l'Honneur outragé réparant le désastre
Et clouant l'Infamie éhontée au pilastre
Du temple de Clio que nul ne peut fléchir.

Demain, c'est le grand Jour qui nous verra revivre !...
C'est la pleine lumière après l'obscurité...
Demain, c'est le printemps chassant le froid, le givre !...
C'est la joie au foyer où chacun pourra vivre
Sous l'égide du Droit désormais respecté.

Demain, succèdera le calme au noir Tumulte,
Trop fier du déploîment de son rouge oripeau !
Demain, succombera cette puissance occulte,
Dont le mot d'ordre fut, au grand mépris du culte
Cher à tous les Français : Haine et guerre au Drapeau !...

Oui, demain c'est la fin de notre mauvais rêve...
C'est la chute d'un règne éclos pour nous trahir.
C'est le Mal réprimé par l'horreur qu'il soulève...
Demain c'est le retour des bannis... c'est la trève
Des projets belliqueux inscrits dans l'Avenir...

.   .   .   .

Demain, France pour toi, c'est le ciel qui se rouvre
Au-dessus de l'abîme où déjà tu glissais !...
Demain, fière à bon droit de l'éclatant succès,
Dont le pouvoir vainqueur dès à présent te couvre,
Tu reverras flotter aux portes du vieux Louvre
L'emblème reconquis par tes fils offensés !...

Demain, demain ces fils dont l'extrême ressource
Fut l'amour de ton nom si chèrement acquis,
Noble France, avec toi vont poursuivre leur course
Dans la voie où fleurit l'Honneur, divine source,
Où se rafraîchira ton front chargé d'ennuis...
Où nous irons laver les hontes du Pays !...

NOS ALPINS

Aux confins du pays, là-bas vers les ciels bleus,
Sur ces monts aux sommets abrupts et périlleux
Dont la hauteur immense étonne l'âme humaine,
De bons petits soldats, aguerris au danger,
Vont et viennent joyeux de l'une à l'autre chaîne.
Là, de jour et de nuit et sans presque y songer
Français, tout simplement, ils exposent leur vie
Pour défendre le sol de la chère Patrie !

Surpris en plein sommeil, à l'heure du matin,
Où dans l'obscurité, le frais vallon repose,
Aujourd'hui, comme hier et sans doute demain,
Le camp se lève et vite on se met en chemin
Pour arriver au but avant l'aube déclose.
La bise glaciale ou d'ardentes chaleurs
Attendent tour à tour nos courageux marcheurs.
N'importe, à chaque instant, ils risqueront leur vie
Pour la gloire et l'honneur de la chère Patrie !

Oh ! vous devez pourtant tout les premiers, savoir
Les aveugles méfaits de ces monts homicides !...
Combien d'observateurs, héros par le vouloir,
Et combien d'entre vous, ô martyrs du Devoir,
Ont fini dans la Mort leurs courses intrépides !...
Mais les gouffres ouverts sous chacun de vos pas,
Mais l'imminent péril ne vous arrête pas...
— Sacrifice et Devoir, c'est tout un dans la vie
Du soldat qui vraiment sait aimer sa patrie.

CRIS DES MÈRES

Insensible à nos maux, poursuivras-tu ton rêve?
Le sang coule ! Il est vrai, tu tiens toujours le glaive,
Et nul de nous ne peut l'arracher de ton bras !...
Oui ! le sang coule encore, implacable Bellone,
Il faut que des enfants... c'est ta loi qui l'ordonne,
Des enfants de vingt ans, meurent dans les combats !...

N'es-tu point satisfaite encore, ô Guerre impie !...
Ton ventre monstrueux de tigresse en furie,
Jamais rassasié du sacrifice humain
Que depuis six mille ans lui servent les batailles,
Va-t-il, las de porter ses immondes entrailles,
Se rompre sous le poids de ton dernier festin ?...

Ou bien, te verrons-nous désormais plus avide,
Plus âpre à stimuler la vaillance homicide

De tant de souverains, incorrigibles fous,
Qui, sans remords, se font tes complices fidèles,
Toujours prêts à t'offrir des victimes nouvelles,
            Hélas ! les meilleurs d'entre nous !...

Animés de ton souffle, éternelle ennemie,
D'accord avec l'Enfer qui sur nous t'a vomie,
Nos tyrans pourront-ils, sûrs de l'impunité,
Longtemps, longtemps encor malgré le vœu des hommes,
Exercer le métier d'acquéreur de royaumes
            Au dépens de l'Humanité !...

O pensée accablante ! O morne désespoir !
Pour vous, fils de nos fils, l'avenir est bien noir !...
Sur tous les points du ciel éclatent des tourmentes !...
L'univers en entier se révolte aujourd'hui :
Le sol tremble et les mers bouillonnent menaçantes !...
Est-ce la fin de tout qui s'annonce à grand bruit,
Dans le vaste chaos de notre Nuit profonde,
Où la raison se meurt... où le mal surabonde ?

    .   .   .   .

LE SAUVEUR ATTENDU

Notre France épuisée attend comme un Messie,
Le sauveur qui viendra lui rendre avec la vie
Sa liberté surprise un jour par trahison.
Il dira : Je le veux et sa voix franche et forte
Sitôt dispersera l'infernale cohorte
      Intronisée en sa maison.

Désireux de prouver sa force souveraine,
Il brisera d'un coup la lourde et longue chaîne
      Qui liait son bras impuissant.
Alors, d'un geste altier, il sèchera ses larmes
Et jettera ce cri : Citoyens, à vos armes,
      En avant!...

. . . .

Celui qui parle ainsi, le grand maître des maîtres,
Celui dont le vouloir va confondre les traîtres,

Vous le connaissez tous et vos cœurs l'ont nommé !
Sans relâche il travaille à notre délivrance !...
Ce sauveur espéré, c'est le Peuple de France,
    Que ses malheurs ont ranimé.

I

Où va cette immense foule
Qui s'écoule
En large et fougueux ruisseau ?
Des longs replis de son onde,
Elle inonde
La place et la prend d'assaut.

En tête du noir cortège
Que protège
L'emblème couleur de sang,
Braille un troupeau famélique
Et cynique
De gamins s'entre-poussant.

Et l'onde humaine s'augmente.
La démente

Hurle sa haine aux bourgeois.
Une voix dans ce désordre
Jette un ordre...
C'est le signal des exploits.

.   .   .   .

Lors, l'émeute dans sa lutte
Exécute
Les plus ignobles forfaits...
On se bouscule, on s'écrase
Et sans phrase,
On tue au nom de la Paix !

.   .   .   .

II

Ne pouvons-nous savoir quelle raison t'anime
Peuple infime,
Devenu le vassal d'un clan sans foi ni loi !
D'où vient-il ? Connais-tu la main qui le dirige
Et l'oblige
A souiller notre sol de concert avec toi !...

.   .   .   .

Ah ! sans doute l'auteur de ces infâmes guerres
Entre frères,

Est un de ces puissants et tenaces rivaux
Qui depuis un long temps, jaloux de notre armée
Bien-aimée,
Rêvent de conquérir ses glorieux drapeaux !

III

Mortelle douleur ! ô honte
Le flot limoneux qui monte
Vers ce pays endormi,
Sort des entrailles de France !...
Dans leur éternel silence
Nos grands Morts en ont frémi !

. . . .

Terre vingt fois séculaire,
Ouvre ton sein, qu'il enterre
Ton peuple dès aujourd'hui.
L'égoïsme qui l'enivre
Le rend indigne de vivre,
Quand la France meurt par lui !

. . . .
. . . .

A Monsieur PIOU,
fondateur de l'Action libérale populaire.

A toi, plus que jamais, terre de mes ancêtres,
Noble et vaillante Armor, digne de son renom...
J'aime la foi tenace inscrite sur ton front
  Qui ne se courbe qu'au saint nom
  Du grand Maître des maîtres !...

Et j'admire en mon cœur tes fils persécutés...
Ils ne faibliront pas, non, j'en ai l'assurance...
En dépit des tyrans qui troublent leur croyance,
  Ces chrétiens de la vieille France
  Recouvreront bientôt leurs libertés !...

Quand s'ouvrira le jour de la bataille sainte,
Ils se lèveront tous et s'en iront sans crainte
Au nom du Christ, au nom du Droit français,
De leurs votes flétrir les meneurs insensés,
  Qui par la force et la contrainte,
  En leur conviction les avaient offensés !

  .   .   .   .

Peuple prédestiné que l'Europe contemple,
Vous qui naguère encore avez donné l'exemple
De la Foi résistante à l'Irréligion,
Non ! ne désarmez pas, espérez la revanche
De tant de maux subis dont le venin s'épanche
      Jusqu'au cœur du Pays Breton !...

LA FRANCE PARLE

Aux rigueurs du Destin, je ne puis rien comprendre !
. . . .
Quand si longtemps, j'implore un bras pour me défendre !
Et que s'en va ma vie, à force de l'attendre...
Ce tout premier devoir ton cœur le méconnaît...
Tu laisses consommer l'exécrable forfait
Quand si longtemps j'implore un bras pour me défendre !
. . . .
Où se cache aujourd'hui ta mâle volonté,
  O toi, dont la bravoure altière
A soulevé le monde au cri de Liberté !...
  Peuple si courageux naguère,
Où se cache aujourd'hui ta mâle volonté !

A ta voix proclamée hautement souveraine,
Tombèrent les tyrans, vaincus et désarmés !
Depuis ce temps de gloire, hélas ! un siècle à peine,
Esclave de nouveau, tu portes une chaîne
Plus infâmante encor,... plus lourde que jamais !

Car l'hydre reparaît et maintient sa férule...
Si par instants le monstre épouvanté recule,
Il sait reprendre force en ses multiples fronts.
Pour l'abattre d'un coup, il faudrait un Hercule !
Que ne te lèves-tu, peuple veule et crédule,
Pour écraser l'Infâme et venger mes affronts.

. . . .

Honte !... Loin de bondir et de prendre le glaive,
Quand l'Injure sur moi, déchaîne son effort,
Tu restes insensible, abîmé dans le rêve
Qui déprime ton âme et lui verse une sève
          Diffusant des germes de mort !...

. . . .

. . . .

          O toi, dont la bravoure altière
A soulevé le monde au cri de Liberté !
          Peuple si courageux naguère,
Où se cache aujourd'hui ta mâle volonté !

. . . .

. . . .

PLAINTES D'OUTRE TOMBE

Si nos pères défunts, dans l'ombre ensevelis,
Ces braves qui sont morts pour la France jadis,
Avec son nom gravé dans leur âme expirante,
Pouvaient encore ouïr l'effroyable tourmente.
Planant sur tous les points de nos cieux obscurcis !...
Ah ! si par un effet de la Toute-Puissance,
Ces froids regards fermés à l'humaine souffrance,
Par de là le tombeau, s'éclairaient aujourd'hui !...
La Pensée animant alors ces voix éteintes,
Que de soupirs amers, que de cris, que de plaintes
Perceraient le réseau de notre sombre Nuit !

. . . .

Si ces augustes Morts revoyaient leur Patrie,
Les bras chargés de fer et la face meurtrie
Résignée à subir un servage odieux...
Des pleurs, des pleurs de sang monteraient à leurs yeux !
La retrouvant ainsi sans force et sans défense,
Sous un voile de deuil, fait de l'indifférence

3

De ses propres enfants devenus ses bourreaux...
Tous ces grands preux défunts, ces immortels héros
Ne reconnaîtraient plus l'ancien pays de France !...

.   .   .   .

A Madame la Baronne de REILLE.

Aux Femmes Françaises.

Ils ont compté sans vous, nobles et fortes femmes...
Ils vous ignoraient donc, ces Français demi sang
Qui travaillent dans l'ombre à notre abaissement !
Bien tard, ils ont compris la valeur de vos âmes,
Dont l'œuvre est tout amour, douceur et dévoûment !

Si naguère ils ont pu par le rapt et la fraude
S'emparer du pouvoir, l'exercer à plaisir
Contre nos sentiments qu'ils voulaient asservir ;
Si par la force encore, ils préparent l'exode
De nos religieux, martyrs persécutés,
Au nom des droits de l'homme et de ses libertés ;
Oui, si jusqu'à ce jour leur ardeur meurtrière
N'a rencontré d'obstacle et poursuit son chemin ;
Voici que leurs projets vont se heurter enfin
Contre l'insurmontable et solide barrière
De vos cœurs réunis, justement indignés !...

« Vous n'irez pas plus loin, dites-vous à l'Impie,
A ceux dont l'égoïsme est toute la patrie
Et qui par crainte, hélas ! au joug sont résignés ! »
De même que jadis, l'illustre Geneviève
D'un beau geste arrêta le farouche Attila,
Vous anéantirez l'abominable rêve
De la horde moderne au seul cri : Halte-là !

Et, femmes, vous ferez ce que n'avaient pu faire
Les incessants combats, les discours infinis,
Qu'il nous fallut ouïr depuis soixante-dix !...
Et vous triompherez car votre cri de guerre
S'adresse aux malheureux que la secte a trahis !...
Car votre but repose en l'amour du Pays !...

A UN RAPATRIÉ DE MADAGASCAR

Dédié à Mlle d'Erlincourt, Fondatrice
de la « Maison du Soldat ».

I

Pauvre petit soldat de France !
T'en souviens-t-il ? Quand tu partis
Pour venger l'honneur du pays,
Ton cœur vibrait de joie et chantait l'espérance !...
Pauvre petit soldat de France !

II

Ce matin là, toute une armée,
Au son du clairon, du tambour,
Se mit en marche avant le jour.
L'aurore était brillante et la brise embaumée
Tu pensais à ta bien-aimée !

III

Tu pensais à ta pauvre mère
Inconsolable en son logis,
Où de bons parents réunis
Adressaient au Seigneur une ardente prière,
Pour nos soldats partant en guerre !

IV

Une troupe d'amis fidèles
Accompagnait ton régiment,
Tous en chœur vous chantiez gaîment
De vieux refrains gaulois et des chansons nouvelles,
L'Amour t'avait prêté ses ailes.

V

Ivres de gloire, de conquêtes
Et déjà certains du succès,
Vous suiviez le Drapeau français...
Des toits et des balcons mille fraîches fleurettes
Tombaient en grêle sur vos têtes !...

VI

Chacun ornait sa boutonnière,
Son havre-sac et son fusil,

Petit soldat, t'en souvient-il ?
De tous côtés la foule en son ardeur guerrière
Exaltait l'honneur militaire !

VII

C'était une ivresse, un délire !
—Et ce fut ainsi jusqu'au port.
Déjà les vieux marins du bord
Hissaient la voile au vent sur le pont du navire
Où tu montas pour nous sourire !

VIII

« Adieu !... petit soldat de France ! »
— Non, non ! Au revoir ! A bientôt ! —
Et dans le bruit lointain du flot
Nous entendions encor ton beau chant d'espérance !
Pauvre petit soldat de France !

IX

Aujourd'hui, la face amaigrie,
Le corps enfiévré, tu reviens
Désarmé n'ayant pour tous biens,
Qu'un peu de sang au cœur, rien qu'un souffle de vie
Errant sur ta lèvre pâlie !...

. . . .

Tu sembles n'avoir de pensée
Que pour les choses du trépas.
A nos pleurs tu ne réponds pas !
Ton regard est mourant, ta poitrine oppressée
Et ta main tremblante, glacée !...

. . . .

Eh quoi ! N'as-tu point souvenance
De tous ces combats glorieux !...
Fais un effort ! Ouvre les yeux,
Dis-nous un mot de ta souffrance !...

. . . .

« Mon âme va revivre, oh ! j'en ai l'espérance
« Puisque j'ai pu revoir notre beau ciel de France ! »

A LA FRANCE DE 1903

O France, si belle jadis !...
Qu'as-tu fait des lauriers de gloire
Que tressèrent pour toi ces fils,
Dont l'ardeur au combat te donnait la victoire !
Le nom de ces héros sacrés !...
Hélas ! aujourd'hui fait sourire
Nos gouvernants dégénérés !...
Faut-il les plaindre ou les maudire ?...

Le désastre que tu subis
Et tous les malheurs qu'il entraîne,
Ont réjoui tes ennemis...
Ton antique manteau de noble souveraine,
Entre les mains de ces bourreaux,
De tous les côtés se déchire !...
Ils s'en disputent les lambeaux,
Quand ton peuple aveugle délire !...

Pourtant tu voudrais vivre encor !...
A ceux par qui ton âme souffre,
Tu dis : venez, je suis au bord
De l'abîme et je vois la profondeur du gouffre
Ouvert sous mes pieds chancelants...
Au secours !... J'y tombe... J'expire !
Pour me sauver, il n'est que temps,
Ayez pitié de mon martyre !

. . . .

. . . .

Mais ces fils ingrats vont toujours,
Toujours devant eux sans comprendre
Le mal dont tu meurs tous les jours...
O ciel ! les forcenés vont-ils enfin se rendre,
Ou te donner les derniers coups !

. . . .

De douleur se brise ma lyre...
Je pleure et je tombe à genoux,
Ne pouvant rien à ton martyre !

. . . .

LIVRE II

PETITES VENGEANCES

DOUX SOUVENIR

Waldeck, l'homme cabalistique,
Par la vertu d'un sceptre au pouvoir mirifique,
Sur l'heure a fait surgir un merveilleux banquet,
Où sans nul souci de dépense,
Vingt-deux mille maires de France
Tous amis de papa Loubet,
Vont pouvoir à loisir se gorger de volaille,
De tourteaux en nougat, ornés de fruits confits...
Mais, voilà... pour cette ripaille
On nous prend le plus beau des Jardins de Paris...

Nos ministres font bien les choses.
Juste à midi frappant, grilles et portes closes,
Le très cher Président, digne, le front serein,
Dans une phrase convenue
Souhaite aux maires la bienvenue.
A tous, il veut serrer la main...

Mais Crozier, d'un coup d'œil l'arrête et l'on commence...
Les innombrables vins... les discours sont exquis !...
        L'on mange et l'on boit à la France,
Et, par surcroît de zèle, on acclame Paris...

        Mais Paris peu flatté sans doute
Tient surtout à savoir ce qu'un tel gala coûte...
Ses impôts déjà lourds en seront augmentés...
        Pensez donc !... vingt-deux mille maires...
        Et combien de chefs culinaires
        Au service des invités !
Dieu de Dieu ! Ce qu'il faut de moka, de champagne
Et de fleurs pour ravir tous ces yeux attendris !...
        Saurons-nous si Potel y gagne ?
En tous cas, il s'illustre aux dépens de Paris.

.   .   .   .

        A nous, reste l'honneur insigne
D'acquitter humblement et sur toute la ligne,
Le menu qui se chiffre à plus d'un million.
        Ne vous mettez pas en colère,
        Doux agneaux, et laissez-vous faire
        Sans plaintes, sans rébellion...
Maires et Députés, répondez, qui les nomme ?...

.   .   .   .

Si votre Volonté les impose au pays...
          A quoi bon résister ?... En somme
Paye, paye et tais-toi, Citoyen de Paris.

          . . . .

SANCTO LUCIPIA

Frappé à mort en 1900.

(A Monsieur Dausset.)

Tel un moine contrit d'avoir péché naguère,
Pour expier sa faute avant que de mourir,
Se condamne à creuser d'heure en heure la terre
  Qui va bientôt le recouvrir...
Tel ce désabusé des choses de la vie,
Pour expurger ton cœur de toute humaine envie
Et le donner à Dieu qui lors te gracia,
Tu partis humblement t'enfermer dans un cloître,
Où tu vois ta vertu, de jour en jour s'accroître
  A l'ombre de l'Acacia.

.   .   .   .

Là, pour rendre la paix à ton âme chagrine,
On dit, qu'avec fureur, tu frappes ta poitrine,

Sur la dalle, à genoux, criant : mea culpa...
Si bien que tous émus de ce zèle admirable
Et pour mieux compenser le coup qui te frappa,
Tes frères ont requis le Prieur vénérable
De te canoniser... Sancto Lucipia !...
Voilà pourquoi ce soir la Révérende Veuve
En grande pompe, au chant du saint-Alléluia
Va couronner ton front, dénudé par l'épreuve,
Et te sacrer martyr !... Heureux Lucipia !

.   .   .   .

4

NOS JOLIS MINISTRES

Le tout premier de la secte
Nous a prouvé, récemment,
Combien il aime et respecte
La vertu de dévoûment !...
Au dir'... d'ses copains d'Europe,
Son œuvre serait parfait,
Si jadis comm'... Pénélope,
I... n'déf'...sait pas ce qu'il fait...

Frère André, son acolyte
Le seconde à tours de bras.
En maçon cosmopolite
Il frapp... nos meilleurs soldats.
Longtemps, il veut rester maître...
C'est dit... vous savez comment,
Il compte un jour se démettre...
Sacrebleu !... « les pieds devant »

Le grand chef de not'Marine,
N'a pas le poing plus léger,
Chaque matin, il rumine
Nouvelle offense à venger,
Et l'armement de la Flotte ?
Le second vous répondra...
Lui s'en va prendre un'culotte
Chez Maxim, avec Sara.

Au moins, le tout petit homme
Qui gouverne à l'Extérieur
Comprend-il son devoir ? En somme
Qu'a-t-il fait pour notre honneur ?
D'abord par... délicatesse
Il recule à Fachoda !..,
Et pour comble de souplesse
Au Siam encore, il céda...

Enfin ! Que penser, que dire
Des Vallé-Trouillot Rouvier,
Sinon qu'ils savent écrire
Et compter mieux qu'un bouvier.
Çà, la preuve en est certaine,
Tous ils purent sans efforts
Remplir, plus d'un bas de laine,..
S'ils parlaient leurs coffres-forts !...

L'AMOUR A DU BON

J'ai la-haut'... faveur,
D'un diab'... de viveur
Qui n'... peut pas s'arrêter d'.,. boire,
Un verre en sa main
N'est pas longtemps plein
Dieu m'... pardonne, il met sa gloire
A l'... vider d'un trait.
Mais j'... signale un fait
Qui d'... puis dix ans est notoire.

C'qu'on ignore au loin
C'est que l'... vieux marsouin,
Espèce de Diogène
Avale au goulot,
Du bitter sans eau...
Allons donc! Pour lui, plus d'... gêne.
Dans les plus grands r'pas,
Sa main cueille aux plats
Le dernier morceau qui traîne

A part c'... grav... défaut,
Notre homme, encore beau,
Vient de faire là conquête
D'un'... petit'... moitié,
Qui par amitié
L'aide un peu dans sa toilette.
Muni d'... savon blanc
Son poignet charmant
Le frott'... des pieds à la tête.

Ainsi l'vieux garçon
Rude et sans façon
Qui s'habillait à la diable,
Grâce à son amour
Devient d'... jour en jour,
Un être au moins supportable.
Il marche plus droit,
S'observe et ne boit
Qu'une demi bouteille à table !

Vraiment r'connaissant
A Madam'... Pell'tan
Hier, il promettait sans feinte
De n'... plus mett'... le pied
Dans un cabaret,

Ou d'y boir'... de l'eau par pinte.
  Ce serment subtil
  Le gardera-t-il?
Hom ! hom !... C'est si bon l'absinthe !...

MOEURS JACOBINES

Hier soir, y... avait grand tumulte,
Chez Mossieu le Sous-Préfet.
De mon rapport, il résulte
Qu'on dîna bien... c'est parfait.
Mais au dessert, après l'heure,
Deux ministres-citoyens
Se disputèr'... comm'... des chiens,
Autour de l'assiette au beurre.

Nos deux copains en colère
La tenaient à qui mieux mieux.
L'un voulait la moche entière
L'autre, le partage à deux.
L'chef que d'...puis longtemps on leurre,
Juste à point, passant par là,
Leur dit : Messieurs, halte-là,
J'emporte l'assiette au beurre.

Alors, sans peur du scandale,
Vexés d'un tel dénouement,
Tous les députés d'...la salle
Poursuiv... le chef desservant...
La pauv... Sous-Préfète en pleure...
Spectacle délicieux !...
Tout d'...mêm'..., va-t-on s'prendre aux ch'veux,
A propos d'l'assiette au beurre !..,

O ciel ! c'est presque une émeute !...
On accourt de tous côtés
Pour voir et calmer la meute
D'... ces enragés invités...
Tout tremble dans la demeure !...
L'exemple est intéressant...
On s'est battu jusqu'au sang
Pour défend'... — l'assiette au beurre —!

.   .   .   .

CONCERT POPULAIRE EN 1903

Un chanteur au l'ver du rideau,
Très élégamment se présente.
D'un coup d'œil du parterre en haut
Il jug'... la salle intéressante.
« Voici, dit-il, de nouveaux chants,
« Styl'... tragique et si pleins de charmes,
« Qu'ils vous feront verser des larmes...
A ces mots, des rires stridents
S'échappent du cœur de la foule
Qui, déçue et les yeux ardents,
Réclame à grands cris « Viens Poupoule ».

Changeant de thèse, un fin diseur
Offre au public des poésies,
D'une incontestable valeur.
Il cite nos plus grands génies.

Hugo, Lamartine, Chénier,
Du moins en poète, il le pense,
Vont satisfaire l'assistance.
Par les ballades du premier
Il débute. Aussitôt la foule,
Du bas orchestre au pigeonnier,
Entonne le cher « Viens Poupoule ».

TROISIÈME ARTISTE

Enfin, surgi comme par hasard
Un éphèbe au regard mystique
Annonce un morceau de Mozart !...
Le peuple amateur de musique
Cesse à l'instant le « grand refrain ».
Et le violoniste s'avance...
Accordant sa lyre, il commence ;
Mais tout à coup l'archet divin
S'arrête aux clameurs de la foule
Qui se sauve hurlant en chemin
L'inimitable « Viens Poupoule ».

PAUV'... CROIX D'HONNEUR

Pour êt... décoré, j'entends dire
Qu'il faut plaire à M'sieu l'Préfet,
Comme un mouton s'laisser conduire
Et trouver bon tout ce qu'il fait...
S'abstenir d'aller à la messe...
Ne plus r'...cevoir not brav... curé !...
A c'prix là, franch'ment, je l'confesse
J'aim... mieux n'pas êt... décoré.

Pourtant j'croyais bien, sur mon âme,
Avoir mérité l'... cher ruban
Qui paraît-il sert de réclame
A not'... coquin d'gouvernement !...
Marengo m'emporta l'épaule,
Au Tonkin j'ai laissé quat...doigts...
Tout d'...même, vous avoûrez qu'.. c'est drôle,
Depuis quinze ans j'attends la Croix !...

L'un me dit, et tout bas j'm'en flatte,
Qu'...j'n'aime pas assez not'... député,

Que j'...devrais lui « graisser la patte
Et m'...soumettre à sa volonté.
L'aut... pour en finir, me conseille
D'aller voir un certain Paquin,
Dont l'influence est sans pareille...
Mais, voilà, j'suis pas un faquin...

Tout ça sur moi, ça n'a pas d'... prise
Car enfin l'ai j'... gagnée ou non
Cett... croix qu'on m'avait tant promise,
Pour m'être battu comme un lion
En France, en Italie, en Chine,
Partout où l'...voulait notre honneur
Maint...nant faudrait m'courber l'échine,
Devant tel ou tel vil meneur !...

.   .   .   .

Non, non, non ! Je préfère attendre.
Les temps vont changer, pourquoi pas ?
On n'pourra plus acheter ni vendre
La récompense des soldats !...
J'...m'en irai p'...êt... bien dans la tombe
Avant d... la porter sur mon cœur...
En tout cas, un peu plus qu'not Combe
J'ai droit à la « légion d'honneur » !...

.   .   .   .

CHACUN S'AMUSE COMME IL PEUT

Dans ce pauvre monde où si peu
Le vrai bonheur nous veut sourire...
Selon le propos qui l'inspire,
Chacun s'amuse comme il peut.

Un tel, tribun autoritaire
Doublé d'un fol épicurien,
Fait couper la queue à son chien
Et dès lors devient populaire.

Tel autre, empereur peu banal,
Par un acte resté notoire,
Nomme au consulat son cheval...
Encore un beau titre de gloire !

Et combien de ces faits divers
Dans l'histoire de l'univers...
Comme au temps de la loi païenne

Aujourd'hui, ne voyons nous pas,
Maints esprits fatigués et las
De toute affection humaine...
Témoin ce brillant capitaine,
Artiste écrivain merveilleux,
Lequel maintenant n'a plus d'yeux
Que pour une idole féline...
Sa voix ronronneuse et caline
Le console du noir chagrin,
Qu'éprouve en exil le marin...
Aussi, plein de reconnaissance
Pour sa « belle amie » au poil blanc
Un beau matin, le Commandant,
En veine de réjouissance,
Ordonne aux matelots du bord
De décorer de pourpre et d'or
Le pont, les mâts de la frégate...
Qu'est-ce ? — On baptise la chatte !...
Et la fête aura lieu ce soir. —
Le cordon d'honneur en sautoir
Un grand prêtre, second lui-même,
Sacrera par l'eau du baptême
La petite âme de Belkis...
Car notre homme, en sa foi profonde,
Espère en quittant ce bas monde
La retrouver au paradis !...

LE JUIF CONQUÉRANT

Avez-vous r'...marqué c'vieux Juif?
Non pas le Juif primitif
De l'Arabie ou d'... la Perse,
Dont l'esprit malin s'exerce
A tromper pour quelques sous...
Celui-là, p'...t.êt' bien, chez nous
N'... song'... qu'à « la bédide commerce ».

L'autre en mettant pied ici,
Eut pour principal souci
De fair... du pays sa chose.
Fin disert et peu morose,
Il plut à certains Français
Dont les vœux intéressés
Lui font une apothéose.

Aujourd'hui riche et cossu,
Il gouverne à notre insu

De par sa haute puissance.
Fort de notre insouciance,
Il nous dépouilla si bien,
Qu'il ne reste aucun moyen
De le chasser hors de France.

Car le citoyen du jour
Féru d'égoïste amour,
A part sa propre richesse,
De tout se désintéresse.
Avec constance il attend,
Qu'un dernier « chambardement »
Triomphe de sa paresse.

ESPRIT D'ARRIVISTE

Savourez ce roman vécu,
Plein d'une inlassable vertu
Que d'aucuns trouveront sublime.
Il nous découvre le régime
D'idéalisme hurluberlu,
(Arme chère aux preux de l'époque)
Dont le bon sens français se moque
Et que bénévole, il subit.
Quand vous aurez lu ce récit,
Il vous faudra bien reconnaître,
Qu'un arriviste, dernier cri,
Fut-il ancien garde champêtre,
Est un cerveau riche d'esprit.

L'homme type que je présente
En eut sa part assurément
Et de la chance, à l'avenant.
Gràce à sa foi persévérante

Que tempère un merveilleux tact,
Il sut acquérir au contact
Des gros bonnets de la mairie,
L'esprit du siècle, la furie
Le ton, le flair qu'il faut avoir
Pour se tailler une fortune,
Aujourd'hui, chef de sa commune,
Il marche, frétillant d'espoir
A la conquête du Pouvoir !

Son ascension fut rapide,
Bien que tout bas on l'accusât
De certain sévice homicide...
Le mair... d'alors, vieux renégat,
Adversaire juré du prêtre
En mêm... temps qu'avocat disert,
Fit si bien, qu'il mit à couvert
Son ami, le garde champêtre.

Or, ce dernier, dans le canton,
Presque sans fraude, assure-t-on,
En dix-neuf-cent-deux, lui succède.
Il a quarante ans et possède,
Avec le titre de rentier,
Un nom commun, bien singulier,
Mais qu'il rendit propre et sortable.
Ce nom qui rime avec radjah,

L'intrépide le mitigea
Du délicieux préfixe Aimable !
Aimable Goujat, est c'...subtil !...
Pour l'avoir trouvé, fallait-il
Un esprit inimaginable !...

Mais, Mossieu l'...Maire, voilà le hic,
A tenu le balai public
Naguère à Saint-Quentin sur Somme.
Eh bien ! mon Dieu, que voulez-vous,
Entre tant de nains et de fous,
Il n'en est pas moins un grand homme
En pass... de d'...venir Sénateur
Que dis-je ! L'ancien balayeur,
Le garde champêtre rustique,
Par ce temps héroï-comique,
S'...ra p... t'...être un jour not'...Dictateur.

.   .   .   .

Gloire au règne dont le prestige
Peut opérer si grand prodige !

A L'OCCASION DE LA SAINT-ÉMILE

Très cher et bon papa Loubet,
Permet,
Qu'en bon Français, je te souhaite
La fête.
Je voudrais t'offrir un discret
Bouquet
De verveine et de rouges roses
Ecloses.

Ou préfère-tu, cher Emile,
Qu'en ville,
Je coure acheter le cadeau
Nouveau
Qui rappelle à tous la victoire
Notoire,
Du couvre chef mirobolant
Que tu portes si crânement?

Mieux encor ! Veux-tu que bien vite,
J'invite,
Et rassemble en un guilleret
Banquet,
Nos amis, afin qu'après boire
Ma muse compose un sonnet
Qui chante tes hauts faits de gloire !...

. . . .

Mais qu'apprends-je ! O pauvre Loubet !
D'aveugle et sourd tu d'...viens muet.

. . . .

SON RÊVE

Sur l'air : « C'est le roi Dagobert ».

I

Not... président Loubet,
Bien assis dans son cabinet,
S'...disait un matin
Ça c'est bien certain
J'...suis pas mal ici,
Tout m'a réussi...
Mais, soit dit sans aigreur,
Un'... seul... chos... manque à mon bonheur.

. . . .

II

J'habite un riche éden
Où j'peux m'...ner la vie à grand train.
Si j'aimais l'plaisir,
J'y ferais surgir

Un bouffon plus laid
Que l'vieux Triboulet,
Mais j'peux viv'... sans flatteur,
Un'... aut... chos... manque à mon bonheur.

III

Pour plaire à ma moitié
Et captiver l'pays entier,
J'... fais faire un chapeau
Très chic et plus haut
Que l'ancien reflet
Bon pour un valet
La d'...ssous, j'ai l'œil vainqueur ;
Mais aut... chos... manque à mon bonheur !

IV

Exaucez-moi mon Dieu !
Vous savez, c'est mon dernier vœu !...
J'...voudrais tant chez moi
Recevoir un roi !...
Lors tous les Français,
Fiers de mon succès,
M'...diraient sans plus d'...rancœur
« Maint'nant, tu peux fair... not'... bonheur.

V

Et comm'... tout vient à point
A qui sait attendre en son coin,
Le vœu caressé
Vient d'être exaucé.
Un roi valeureux,
— Pour voir les yeux bleus —
De not'... doux Protecteur,
Débarque en nos murs... quel honneur !...

. . . .
. . . .

MARCHE A LA LUNE

Dans l'... plus riche arrondissement
    Habite un homme éminent,
    Qui a la bonne fortune
    D'êt... connu du monde entier,
    Et d'...briller dans son quartier
bis)   Comme la lune.

Chaqu'... dimanche en son palais,
    De gros ministres doublés
    D'un'...dam... d'honneur blonde ou brune,
    Vont toster jusqu'à minuit,
    Et s'éclipsent dans la nuit
bis)   Comme la lune.

Dans cett'... maison de plaisir,
    On rit, on cause à loisir,
    L'autre soir on disait qu'une
    Grand'... dame, au bras de son valseur,
    Avait pâli de frayeur
bis)   Comme la lune.

En s'...cret, l'on disait encor
    Qu'un blond éphèbe, un signor
    Promis à sa Rodogune,
    Dans sa frayeur de pécher
    S'en était allé s'...coucher
bis)   Comme la lune.

Mais c'...la n'est pas très sérieux,
    Pell'...tan racontait bien mieux
    Qu'un soir, juché dans la hune,
    Pour diriger un bateau,
    Il était tombé dans l'eau
bis)   Comme la lune.

André s'esclaffait aussi
    D'...voir l'armée à sa merci...
    Il s'en fichait comm'... d'un'... prune...
    Bon ! v'...là qu'en un tour de main,
    Il s'évanouit soudain
bis)   Comme la lune.

Le maît... de céans, alors
    Le fit transporter dehors,
    Chacun au bras d'... sa chacune,
    Attend qu'... ses gros yeux surpris
    Se promènent sur Paris
bis)   Comme la lune.

Mais vrai, j'en ai dit assez,
Laissons-les en bons Français,
   Oh ! laissons-les sans rancune,
   Continuer leur chemin
   Et rentrer au p'...tit matin,
bis)   Comme la lune.

LIVRE III

POÉSIES ET ROMANCES

AUX MÂNES DE MON PÈRE

Dans notre chère Armor, au pied des monts Arrée,
Là bas, près d'une église ancienne et révérée
Où pour l'Adieu suprême, accourut votre enfant !...
De la tombe fleurie où désormais repose,
Dans l'oubli, croyons-nous, de toute humaine chose,
Votre cœur de Breton si fier et si vaillant,
Mon père, avez-vous vu le deuil de votre enfant ?

. . . .

Votre pensée, hélas ! trop tôt ensevelie,
Est-elle revenue en cette triste vie
Partager les chagrins de votre pauvre enfant ?
Peut-être, à son insu, quand l'extrême souffrance,
Lui faisait désirer aussi la délivrance
Et l'éternel repos que le travail attend...
Peut-être avez-vous vu les pleurs de votre enfant !...

Si telle est dans la mort la puissance des âmes,
Si l'esprit des élus, fait d'invisibles flammes,

Peut visiter la terre où gémit votre enfant !...
Vous avez entendu ses longs soupirs de veuve !...
Vous la vîtes combattre et surmonter l'épreuve...
Puiser en votre amour le vouloir triomphant !...
Et vous avez béni l'effort de votre enfant !...

 . . . .

Reconnaissance à vous, cher et regretté Père !
Quand je retrace en moi cette vie exemplaire,
Dont l'œuvre eut pour objet le bien de votre enfant,
Je crois voir, au-dessus de la voûte étoilée,
A la droite de Dieu, votre àme consolée...
L'espoir de retrouver au ciel un père aimant,
Alors vient réjouir le cœur de votre enfant.

A MA BRETAGNE

(La revoir et mourir.)

J'irai, du moins j'en ai le ferme espoir...
Avant que de mourir, je veux aller revoir
　　Ce coin de nos anciennes Gaules,
　　Doux pays, séjour enchanté
Qui me vit naître et que j'ai déserté
　　Sous quelques prétextes frivoles...

. . . .

J'irai malgré les ans que portent mes épaules,
　　J'irai, j'irai mêler ma voix
Aux accents des oiseaux qui chantent dans vos bois ;
Visiter vos manoirs ceints de vieilles murailles ;
Péleriner à pied de Brest à Rumengol ;
Suivre en procession la Vierge de Saint-Pol
Au pardon de Kreïsker, bijou des Cornouailles !

Pour me les rappeler et les redire encor,
Je me ferai conter par les bragous d'Armor

Vos récits merveilleux, si féconds en légendes !
Alors comme jadis, en mes rêves d'enfant,
Je croirai voir auprès du vieux dolmen branlant
Sautiller et danser en rond ou fuir par bandes,
Les korrigans moqueurs et les esprits follets...

Le soir, sous le regard de vos cieux étoilés,
Le long des sentiers creux, bordés d'ormes antiques,
J'irai promener mes chagrins...
Et je m'enfoncerai par mille et un chemins,
Seule, jusques au cœur de ces forêts mystiques,
Où les ombres d'Hésus et des bardes sacrés
Vêtus de leurs blanches tuniques
Errent encore autour des chênes vénérés...

Et, lorsque à deux genoux, j'aurai fait ma prière
A l'une de ces croix de pierre
Elevée au détour de vos routes sans fin,
Aux fossés émaillés de sauvage bruyère...
Lorsque mes yeux charmés auront pu voir enfin,
En son lit d'émeraude, onduleuse et sereine,
La Penfeld au long cours diriger vers la plaine,
Le cristal de ses eaux jusques au fond du port...
Quand j'aurai rempli mon haleine
Du parfum des genêts tombant en grappes d'or

Sur les agrestes flancs de vos douces collines...
Quand le doux carillon des cloches argentines
De ma ville natale au cœur m'aura parlé...
Quand les pleurs qu'il contient, échappés de leur source,
Sur mon passé détruit auront longtemps coulé...
    Alors, rendue au terme de ma course,
Tout heureuse d'avoir adressé mon adieu
Au cher pays breton, ma petite patrie,
J'attendrai le moment de m'en aller vers Dieu,
Lui demander pardon des fautes de ma vie.

.   .   .   .

LETTRE D'UN EXILÉ BRETON

Ma chère petite femme,
Seul ici, loin de tes yeux,
De tes célestes yeux bleus
Dont le charme a pris mon âme...
Seul ici, loin de tes yeux,
Je suis triste et malheureux !...

Un soir, dans la nuit obscure,
J'abandonnai sans remords,
Mon chaume au pays d'Armor...
Pour courir à l'aventure,
J'abandonnai sans remords,
Ma barque attachée au port !...

Tout là-bas, sur la montagne
J'ai quitté le petit bois
Où pour la première fois
Je te vis, chère compagne !..,
J'ai quitté le petit bois
Empli du son de ta voix !...

Depuis, sur la mer immense,
J'ai vu de jolis ciels bleus,
Mais ces sites merveilleux
Sont si loin de notre France !...
J'ai vu de jolis ciels bleus,
Mais je ne vois pas tes yeux !...

. . . .

Là, dans ce rond que je trace,
Tout ému, j'écris mon nom.
Embrasse-le, ma Ninon,
Et pardonne-moi de grâce,
D'avoir laissé ma Ninon
Seulette au pays breton...

. . . .
. . . .

Hélas ! Quand te reverrai-je ?...
Dieu me garde et te protège,
O ma beauté ! mon amour !...
Si tu m'es encor fidèle,
Va prier à la chapelle,
Va prier pour mon retour...

SOUVENIR DE BRETAGNE

I

Tranquille, joliment assise
Au pied d'une colline en fleurs,
Je sais une petite église
Témoin de mes premiers bonheurs !...
C'est là, qu'un jour de grande fête,
Modeste sous son voile blanc,
J'avais rencontré Périnette,...
Périnette, que j'aimais tant !

. . . .

II

Sous l'ardent soleil qui l'éclaire,
Seulette en un champ de guérets,
Je sais une pauvre chaumière
Fermée aux regards indiscrets.

Naguère une exquise fillette
Y semait la vie en chantant...
C'est la maison de Périnette...
Périnette, que j'aimais tant !

III

Toujours, sur la côte isolée
Du Corsen, en plein infini,
Je sais un humble mausolée
Où dort un ange évanoui...
Bravant le raz et la tempête,
A genoux, j'y pleure souvent...
C'est le tombeau de Périnette...
Périnette, que j'aimais tant !...

. . . .
. . . .

A MONSEIGNEUR LÉGASSE

Evêque de Saint-Pierre et Miquelon.

Qui pourra mieux que lui redire à l'univers
La souffrance poignante et les regrets amers,
Des braves Saint Pierrais pleurant leur chère église !...
Elle était tout pour eux cette « Dame des Flots : »
Leur amour, leur espoir, un baume sur leurs maux,
Un refuge assuré contre les vents, la bise !...

Avant de prendre mer, ils y rentraient puiser
Le courage, la force et, le cœur embrasé
Du feu divin qui fait les âmes vigoureuses,
Ils allaient affronter au large l'ouragan,
Et lorsqu'ils revenaient portant sur l'Océan
Leurs pêches trop souvent, hélas, infructueuses !
Reconnaissants au moins d'avoir pu grâce à Dieu
Retrouver au logis, les enfants et la femme,
Ils pouvaient retourner chaque jour au Saint Lieu
S'agenouiller devant leur Sainte et Bonne Dame !

Chrétiens respectueux de la Loi du repos,
Le dimanche venu, pêcheurs et matelots,
Tous accouraient en foule au solennel office,
Au Seigneur, ils offraient l'incessant sacrifice.
De leur vie et songeaient à ces défunts chéris,
A ceux qui pour toujours dorment ensevelis
Sous la vague mouvante et jamais arrêtée !...
N'ayant pour eux de tombe où déposer des fleurs,
L'église nécropole écoutait les douleurs,
Les sanglots, les soupirs de leur âme navrée !...

Hélas ! que reste-t-il de ce temple aujourd'hui ?
La place froide et nue au milieu de la ville !
L'incendie allumé dans la Sinistre Nuit
Dévora tout l'enclos... tout, jusqu'au campanile,
En moins d'un quart de jour fut à jamais détruit !

Pour bâtir à nouveau le plus modeste temple
Certes, il faut un miracle ! Or, qui va l'opérer ?
Qui donc se lèvera pour venir implorer
Le Charitable Amour ? Qui va prêcher d'exemple ?

. . . .

Un saint homme éprouvé lui-même récemment.
Au souvenir du père, enseveli vivant

Sous le flot meurtrier, il s'en va, doux apôtre,
En humble pèlerin, d'un hémisphère à l'autre,
Par les plus mauvais temps, sans souci du chemin,
Déverser dans les cœurs le feu de sa parole...
Dans l'espoir d'obtenir de chacun une obole,
A tous, et simplement il vient tendre la main !..

.   .   .   .

Oh ! donnez, donnez-lui, songez à la souffrance
De ces pauvres pêcheurs, Normands, Basques, Bretons !..
Donnez, vous savez tous que vos généreux dons
Vont essuyer les pleurs de vos Frères de France !

.   .   .   .

NOELS ET BERCEUSES

NOEL DE 1903

Noël, Noël,
Doux Jésus, puissant Roi du Ciel,
Prends pitié de notre misère......
Pour la seconde fois, oh ! descends sur la terre.

I

Sous le poids de ses maux, le vieux monde s'écroule.
Le vice règne en maître et la vertu se meurt.
Hélas ! dans l'infernal combat qui se déroule,
Nul n'est assez puissant pour amender la foule !...
Quel être humain pourrait l'arracher à l'Erreur !..

II

Pour nous rendre la vie, il faut qu'un Dieu renaisse !
Les humbles, les souffrants, dont l'espoir est en Lui,
Réclament son amour et l'appellent sans cesse...
Qu'il vienne ce Dieu bon, leur prouver sa tendresse...
Ah ! qu'il vienne éclairer notre lugubre Nuit.

.   .   .   .

Noël, Noël,
Doux Jésus, puissant Roi du Ciel,
Prends pitié de notre misère...
Pour nous sauver encore, oh ! descends sur la terre.

. . . .

NOEL

La joie est dans Jérusalem !...
Voici que l'étoile espérée
Annonce à l'heureuse contrée,
Qu'un Dieu va naître à Bethléem !...
Chante, chante Jérusalem !..

. . . .

Minuit ! C'est l'heure où le Messie
Depuis six mille ans attendu,
D'un corps humain s'est revêtu
Pour rendre à notre âme la vie....
Saluons l'Auguste Messie !

. . . .

Amour à l'Enfant-Dieu Jésus
Qui rayonne dans l'humble crèche...
Près du berceau de paille fraîche,
Bergers et Mages sont venus
Adorer l'Enfant-Dieu Jésus....

. . . .

Chrétiens, chantons l'heureux Mystère :
Hommage et gloire au Roi du Ciel
Qui vient apporter sur la terre
L'amour, la vie et la lumière...
Noël... Noël... Chantons Noël !...

NOEL

I

Deux mille ans ont passé depuis l'heure bénie,
Où le Fils du Très-Haut, l'adorable Jésus,
Vint naître et nous donner durant toute sa vie
Un exemple parfait des plus hautes vertus.
Devant cet Enfant-Dieu qui renonce à sa gloire
Et consent à subir notre destin mortel,
Chrétiens, chantons, chantons l'Eternelle Victoire
Du Dieu qui par sa mort vient nous rouvrir le Ciel.

. . . .

II

Le monde ayant trahi la Divine Justice,
L'humanité déchue allait s'anéantir...
Jéhovah demandait un Divin Sacrifice...
Pour nous sauver du mal, Jésus s'offre à mourir !

A l'appel de ce Dieu qui descend sur la terre,
Chrétiens, venez en foule adorer l'Eternel
A genoux, méditons l'Ineffable Mystère !..
C'est l'Heure du pardon !.. Noël !. Noël, Noël !

NOEL DES BERGERS

Ce soir en rentrant nos brebis,
Là-bas sur les côteaux fleuris,
Où se dresse notre chaumine,
Nous avons vu, tout rayonnant,
Un bel ange, au long voile blanc,
Qui chantait de sa voix divine :
« Voici venir le Roi du Ciel
Petits bergers c'est la Noël. »

. . . .

Alors dans le firmament bleu,
Se lève une étoile de feu.
Et l'Ange au sourire ineffable
Nous dit : Allez et suivez la....
Et dans les airs, il s'envola,
De loin nous désignant l'étable
Où repose le Roi du ciel !...
— Frères chrétiens, c'est la Noël. —

Par un miracle tout divin,
Nous avons le long du chemin,
Dans la neige trouvé ces roses !
C'est pourquoi nous sommes venus
Offrir à tes petits pieds nus,
Ces fleurs qui pour toi sont écloses !....
— Adorons Jésus, Roi du Ciel
Et chantons tous Noël, Noël. —

O toi, qui viens naître pour nous,
Jésus, dont le cœur est si doux,
Reçois de l'humble la prière .
« Amour, amour au Tout Puissant
« Qui s'est fait tout petit enfant,
« Par pitié pour notre misère ! »
Voici venu le Roi du ciel
Petits bergers, chantons Noël.

AUX PETITS ALSACIENS LORRAINS

Devant l'Arbre de Noël.

Soyez les bienvenus en ce riant asile.
On vous a rassemblés, loin des bruits de la ville
      Pour passer un moment joyeux.
      Trève à votre humeur inquiète...
      C'est aujourd'hui la grande fête
      Des petits enfants malheureux.

      Telle une fée au cœur amène,
      Sa corne d'abondance pleine,
      De jouets, de bonbons exquis,
      La Bienfaisance magnifique,
      D'un coup de baguette magique,
      Vous ouvre un coin de paradis !

      Pour récompenser votre attente,
      Sa main maternelle et vaillante

Décora l'Arbre de Noël.
A vous ces pierrots et pantines
Et ces légères ballerines
Aux robes couleur d'arc-en-ciel...

A vous encor ces bergeries,
Avec leurs étables remplies
D'ânons et de vaches à lait....
Approchez, que nul ne s'en aille
Sans trouver armure à sa taille,
Sans avoir le cœur satisfait.

Et maintenant, troupe innocente,
Offrez à l'Œuvre bienfaisante
Qui sécha les pleurs de vos yeux,
Les mercis d'une âme sincère....
Chantez, chantez pour lui complaire
Un cantique à Noël Joyeux.

BERCEUSE

Les deux orphelines.

Fais dodo, dodo, ma sœurette,
Fais dodo dans mes petits bras.

Je suis ta grande sœur Annette
Qui veille sur tes premiers pas.....
Fais dodo, dodo, ma sœurette,
Fais dodo, dans mes petits bras.

Repose sur mon cœur ta tête
Et je vais te chanter tout bas.
Fais dodo, dodo, ma sœurette,
Fais dodo, dans mes petits bras.

Mais pourquoi trembles-tu, pauvrette ?
Chez nous les voleurs n'entrent pas....
Fais dodo, dodo, ma sœurette,
Fais dodo, dans mes petits bras.

Tu n'as que mon amour Ninette !
Notre mère, au ciel bleu, là—bas
Un soir, s'est envolée, hélas !
Ferme les yeux, ma mignonnette
Et sans doute tu la verras.....

Fais dodo, dodo, ma sœurette·
Fais dodo, dans mes petits bras.

BERCEUSE

Pour s'endormir l'oiseau fidèle
A plié le cou sous son aile,
Comme lui sous ton blanc rideau,
Mon petit ange, fais dodo.

Il est tard, la nuit est venue
Jusques à l'aube revenue,
Tranquille sous ton blanc rideau,
Mon petit ange fais dodo.

Et qu'importe si la tourmente
Gronde au loin... Je veille et je chante
Autour de ton léger rideau,
Dodo, mon ange, fais dodo.

Ici, dans la chambre bien close,
Ta blonde tête se repose.
A l'abri sous ton blanc rideau,
Dodo, mon ange, fais dodo.

Douceur ineffable ! O merveille
Le petit enfant qui sommeille
Sourit à travers le rideau !.....
Paix à mon ange !... Il faut dodo.

.   .   .   .

BERCEUSE

Nuit d'hyménée.

Tes yeux, avec leur doux sourire,
Tes jolis yeux vont se fermer !....
Dans le silence qui m'inspire,
Je veille et si mon cœur soupire,
Ah ! C'est du bonheur de t'aimer !...

. . . .

Tu peux dormir, calme et sereine
Charmante vierge de vingt ans !...
Ma lèvre boit ta fraîche haleine
Et retient sur ton front de reine
Le souffle de ses vœux ardents....

. . . .

Plus belle que la blonde Aurore
Suspendue au ciel argenté,
Entre mes bras repose encore ;
Mais que ton rêve, ô ma beauté,
Caresse l'amant qui t'adore.

. . . .

VOYAGE D'HYMÉNÉE

Oui, je sais... tu voudrais, ô ma belle rêveuse,
Rencontrer pour nous deux, quelque part sous le ciel,
Loin des grandes cités, une vallée heureuse
Propice à célébrer notre lune de miel....

Tu voudrais un pays où, dès que l'œil s'entr'ouvre,
A l'aube, en un rayon de céleste clarté,
Sur la cime des monts, l'Aurore au loin découvre
Le tableau matinal de sa blanche beauté

Un pays de grands bois, fleurant la violette
Où penchée à mon bras, tu pourrais, ma Ninette,
Dans la douce fraîcheur et la paix des beaux soirs,
Me dire ton amour et tes brillants espoirs....

Un pays, n'est-ce pas, où tu veux vivre heureuse ?
Un pays que Phœbus et Diane la charmeuse

Eclairent tour à tour, sous le regard de Dieu.
Oh ! ce val enchanteur... cette ardente contrée,
Que caressent les flots d'une mer azurée,
Où se mire et sourit le beau firmament bleu.

Ce séjour désiré par toi, ma douce amie,
Au pied des monts Alpins, c'est Nice la jolie,
La splendide, Nizza, chère à l'Astre du jour,
Dont la sérénité guérit les cœurs moroses...

.   .   .   .

Arrêtons-nous ici.... C'est le pays des roses !...
C'est le jardin du ciel où vient rêver l'Amour !

.   .   .   .

PERLE DES ALPES

Là haut sur la cîme isolée
Toute blanche, à demi voilée
D'un rideau de verdure en fleur,
Sourit au ciel bleu qui l'éclaire
Une minuscule chaumière,
Mais qui suffit à mon bonheur.

Ce petit point blanc dans l'espace,
Qu'un hectomètre à peine enlace,
N'a de bornes que l'horizon !...
D'un côté, la rive sereine,
De l'autre, les monts et la plaine
Avec leur riche frondaison.

Chaque hiver en ce nid tranquille
Obsédé de la grande Ville,
Je viens m'abreuver de soleil.
Rien de plus charmant au réveil
Que regarder poindre l'Aurore !
Dans le clair rayon qui la dore.

Suspendue aux sommets neigeux,
Elle étend son écharpe immense
Sur la douce amante des cieux...
Oh ! qu'il est beau ce coin de France,
Avec ses horizons lointains...
Et son auréole azurée...
J'ai nommé Nice, l'éthérée,
Cette perle des monts alpins !

. . . .

Oui ! Lorsqu'une fois dans la vie,
En son admirable harmonie,
On a vu cette anse fleurie,
Cette mer aux eaux de saphir,
Joindre au loin son onde charmeuse
A l'immensité vaporeuse...
Vers cette rive merveilleuse
Il vous tarde de revenir !

CHARME DE NICE

En un vallon de fleurs, cher aux grands lauriers-roses,
Où viennent se jouer la brise et le soleil,
Nice, la blonde fille au sourire vermeil,
Elève dans les airs ses bras chargés de roses !

Oh ! qu'elle est belle ainsi sous le baiser du jour,
Lorsque vers le midi, Phœbus avec amour,
Embrasant au zénith, la matière éthérée,
Darde les rayons d'or de sa pourpre azurée
Sur la rive où le flot tendrement vient gémir.

. . . .

Délicieuse à l'heure où la Nuit tend ses voiles,
Elle est plus belle encore, avant de s'endormir
En son manteau d'azur tout parsemé d'étoiles !

. . . .

Epris, le voyageur qui la voit au réveil,
Dans le décor brillant de ses métamorphoses,
S'arrête à contempler ces monts gris, bleus ou roses
Que baigne un fond de ciel à nul autre pareil.

Il ne peut dans l'extase où sa beauté le plonge,
Détacher son regard de ce val enchanté...
Sur l'infini du lac, son rêve se prolonge...

Tout heureux d'aspirer au bord de ce Léthé
L'air pur et bienfaisant qui le charme et l'enivre,
Il aime... il s'abandonne à la douceur de vivre.

. . . .

BATAILLE DE FLEURS ENFANTINE

En avant deux,
Troupeau joyeux,
Voici l'heure de la bataille.
Vite grimpez,
Dans vos coupés,
Vous aurez des fleurs pour mitraille

Et pour fusils,
Soldats gentils,
Tenez ces branches printanières
De mimosas
Entre vos bras.
Vous aussi, mignonnes guerrières

A doubles coups,
Lancez sur nous
Vos odorants bouquets de roses
Et de muguets ;
Mais attaquez
Surtout les visages moroses.

Chasse à l'ennui,
Car aujourd'hui,
Heure charmante, c'est la fête
Des tout petits.
Blondins chéris
Allons, courez à la conquête.

Du prix vainqueur,
Qu'en votre honneur,
Nice, la superbe, destine
Au plus vaillant,
Au plus fringant,
De la grande course enfantine.

Dans l'air vermeil,
Le gai soleil,
Rayonne et s'étend magnifique
Preuve que Dieu
De son ciel bleu
Préside la lutte héroïque.

Un compliment
En finissant :
Votre front qu'un sourire éclaire,
Dans ce décor,
Dépasse encor,
Les plus belles fleurs de la terre.

LE PREMIER JOUR DE PRINTEMPS

Aubade.

L'étoile s'éteint dans l'azur.
Il est temps d'ouvrir à l'air pur
Ta fenêtre aux treillis de roses.
Lève toi, viens courir les champs...
C'est le premier jour du printemps,
Les pâquerettes sont écloses !...

Maudit soit le mol oreiller
Qui te fait sans doute oublier
Notre rendez-vous de l'aurore !...
Depuis une heure, je t'attends !...
C'est le premier jour du printemps !
Comment peux-tu dormir encore !

Voici les sons de l'Angelus.
A l'horizon, déjà Phœbus
Epand sur son immense empire
Ses rayons les plus caressants...
C'est le premier jour du printemps !
Ma Ninette, oh ! viens lui sourire.

CONTE DE GRAND'MÈRE

Il était un petit berger
Bon enfant, alerte et léger
   Comme ses chèvres.
La joie éclatait dans ses yeux.
On le voyait toujours heureux
   Le rire aux lèvres.
Pourtant pauvre, et ne souhaitant rien,
Jean ne possédait que son chien
   Et sa houlette.

Quand il allait vendre son lait,
En cheminant, il modulait
   Sur sa musette
Un refrain naïf et charmant,
Que répétait incontinent
   L'écho volage.
Et, suivi de ses blancs chevreaux,
Il regagnait par les coteaux,
   Son cher bocage.

Alors en regardant les cieux,
Il s'endormait insoucieux
     Dans la verdure.
Toujours libre et content de lui,
Il mangeait son pain sans ennui
     Et sans murmure.

.   .   .   .

Hélas ! un soir, pauvre garçon !
Un soir d'orage, le démon
     Jaloux je pense,
De voir un si parfait bonheur,
Fit surgir un loup ravisseur,
     Dont la vengeance
Mit le trouble dans le troupeau
Pendant que chien et pastoureau
     Dormaient encore.

A son réveil Jean désolé,
En vain chercha son agnelet
     Jusqu'à l'aurore...
La trace du loup l'avertit :
Le dernier né, le cher petit
     Encor si frêle !
S'était laissé prendre !... ô douleur !
Depuis, Jeannot, le bon pasteur,
     Toujours l'appelle...

.   .   .   .

Comme le monde, la forêt,
D'ennemis jaloux est remplie !
Malheur à l'imprudent qui naïf ou distrait,
De rien ne se méfie.

TRISTESSE DE MÈRE

Au fond d'un bois devenu son domaine,
Une mère sarigue en peine
Se mourait loin de ses petits.
Dans la belle saison jadis,
L'hymen l'avait rendue au moins quatre fois mère,
De tant d'enfants venus, ô destinée amère !
Un seul était resté...
Et ce fût le gâté,
Le benjamin, la chère idole,
Qu'on embrasse en disant: mon trésor, mon seul bien...
L'être aimé près duquel le monde entier n'est rien !

. . . .

Mais lui plein d'une humeur volontaire et frivole,
En dépit de cette bonté,
Et pour mieux s'affranchir de toute autorité,
Un beau jour s'échappa du giron de sa mère !...

. . . .

Plus rien, rien... Aucun bruit dans le bois solitaire
      N'éveille le regard mourant
De cette pauvre mère appelant son enfant !...

Seul le doux souvenir de l'automne passée
Berce, sans les calmer, ses soupirs douloureux...
Elle écoute sans cesse... elle implore les dieux ;
Mais rien, rien ne répond à sa triste pensée !
Ses pleurs même ont fait fuir les hôtes de ce bois...
      « Ici, murmure-t-elle,
    Oui, c'est ici que j'entendis sa voix
Balbutier mon nom pour la première fois !
      Pauvre petit, qu'il était frêle
        Et qu'il m'aimait alors !...
Et moi je l'embrassais ravie en des transports
      Qu'on peut sentir mais non dépeindre...
      S'il l'eut fallu, pour lui
J'aurais laissé mes yeux au grand soleil s'éteindre !
Le voir avec mon cœur... le caresser... l'étreindre
Entre mes bras de mère, en ma céleste nuit,
C'était encore ivresse ineffable, infinie... »

. . . .

« Hélas ! répétait-elle en sa lente agonie,
Oh ! ces jours d'autrefois... ces beaux matins d'avril,

Je ne les vivrai plus !... Enfant, te souviens-t-il
De cet âge où petit encore,
Je te berçais, veillant pour toi jusqu'à l'aurore
Et dès le jour venu
En hâte, au bois chenu,
Je m'élançais joyeuse ignorant ma fatigue
Tant est grande l'amour d'une mère sarigue ! »

. . . .

« Pour découvrir les œufs d'insectes préférés,
J'aurais fouillé les bois et les forêts
Retourné la montagne !...
Et lorsqu'enfin j'avais trouvé, dans la campagne,
Un tranquille et riant abri
Où pouvoir vivre seule avec toi, mon chéri,
Je déployais la tente en cet endroit superbe,
Tu prenais tes ébats ou tu dormais dans l'herbe...
Heureuse et fière aussi, je te voyais grandir...
Nous foulions sous nos pas des fleurs à peine écloses,
Ton babil me disait des choses
Consolantes pour l'avenir !...
Et comme tu venais, dès qu'un bruit insolite
Effrayait ta candeur, comme tu venais vite
Dans ma pochette te blottir ! »

. . . .

Tu l'as quittée, hélas ! cette niche divine...
Et de ce chagrin là je meurs...
Adieu, cruel enfant, adieu bois et colline
Adieu forêt, témoin de mes douleurs !...

. . . .

. . . .

LA BONNE BOULANGÈRE

« La boulangère a du bon pain
« Qu'elle donne chaque matin,
« Aux pauvres enfants du village
« Veux-tu... Nous avons tant souffert
« De faim et de froid cet hiver...
« Veux tu, frérot !... allons courage...

Et les deux pauvrets tout tremblants
Marchaient sur la route à pas lents...
Ils songeaient à leur bonne mère
Triste et malade en son logis....
Les deux frères s'étant compris,
Ils entrent chez la boulangère.

« Donnez-nous un petit morceau,
« De votre pain si blanc, si beau,
« Puisque à tous vous faites l'aumône...
« Nous n'avons, nous que notre cœur,
« Mais nous prîrons pour ton bonheur
« Madame, vous êtes si bonne !...

Et la boulangère en riant
Coupait, tranchait si vivement
Dans l'appétissante galette,
Que ce petit monde anxieux
A l'instant redevint joyeux...
— Toute la troupe est satisfaite. —

Hélas ! non, petit Jean là bas
Regardait et ne mangeait pas.
— Qu'as-tu donc ? tu pleures, tu jeûnes ! —
Dit la bonne femme au gamin,
« Madame je garde mon pain,
Pour ma mère et les deux plus jeunes. »

« Je suis l'aîné de la maison,
« J'ai beau me creuser la raison
« Pour venir en aide à mon père,
« Je ne peux pas le soulager,
« Car tous les jours, il faut manger... »
— Prends ce pain, fait la boulangère,

Porte le tout entier chez toi,
Cher pauvret, tu vaux mieux que moi —
Soupira-t-elle avec ivresse.
Sur la route les deux enfants
Ne s'en allaient plus à pas lents...
Ils portaient chez eux la Richesse !

. . . .

MERCI A DIEU

Premier petit enfant que j'attendais sans cesse,
Dans notre monde, enfin te voilà donc venu !
Je te tiens en mes bras ;... je reçois ta caresse...
Et j'embrasse à loisir ton gentillet pied nu !

. . . .

Devant ce corps mignon, fleur d'amour merveilleuse,
Que le soleil de mai va faire épanouir,
Je reste extasiée et, dans mon âme heureuse,
Pour le petit soldat de la France à venir,

Je demande au Seigneur le courage inflexible
Qui fait l'homme d'élite et le rend invincible,
        Quand son honneur est en péril !

. . . .

Mais que vois-je ? O douceur ! ta paupière baissée,
S'entr'ouvre et ton œil bleu répond à ma pensée !

. . . .

— Mon Dieu ! Ce cœur d'enfant déjà comprendrait-il !...

. . . .

TABLE DES MATIÈRES

LIVRE PREMIER

SOUS LE JOUG

LIVRE II

PETITES VENGEANCES

LIVRE III

POÉSIES ET ROMANCES

NOELS ET BERCEUSES

Saint-Amand (Cher). — Imprimerie Bussière.